## DATE DUE

| | | |
|---|---|---|
| JUN 2 | | |
| JUL 1 0 | | |
| MAY 1 0 | | |
| MAY 2 8 | | |
| NOV 1 9 | | |
| DEC 1 1 | | |
| APR 2 2 | | |
| JUL 0 9 | | |
| MAY 0 1 | | |
| OCT 2 0 | | |
| | | |
| | | |

Demco, Inc. 38-293

D1301157

# Cabellos de Oro

## (LOS TRES OSOS)

**CUENTOS POPULARES · N.º 1**

adaptación de MARTA MATA
ilustraciones de FINA RIFÀ

LA GALERA, S.A. EDITORIAL
Ronda del Guinardó, 38
BARCELONA

Cabellos de Oro pasea por el bosque.

Ve una casita.

Una casita en medio del bosque.

La puerta de la casita
está abierta.
Cabellos de Oro
entra en la casita.

Se sienta en la silla grande;
está dura.
Se sienta en la silla mediana;
está demasiado blanda.
Se sienta en la silla pequeña;
no está ni dura ni blanda:
está bien.
Se sienta en la silla pequeña
y la estropea.

Prueba la sopa del plato grande;
está muy caliente.

Prueba la sopa del plato mediano;
está muy fría.

Prueba la sopa del plato pequeño;
no está ni caliente ni fría:
está bien.

Y Cabellos de Oro
se come toda la sopa del plato pequeño.

Se echa en la cama grande;

es muy alta.

Se echa en la cama mediana;

es muy baja

Se echa en la cama pequeña;

no es ni muy alta ni muy baja: está bien.

Se mete en la cama pequeña

y se queda dormida.

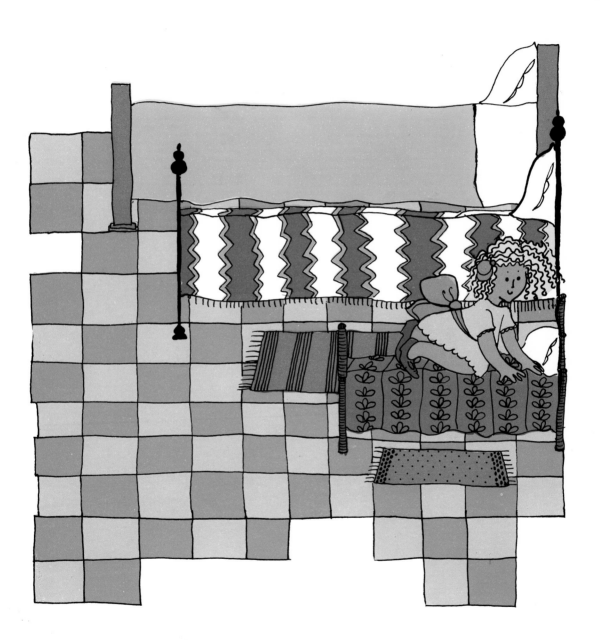

Los tres osos vuelven a su casa.

El oso grande va delante.

El oso mediano va en medio.

El oso pequeño va detrás.

Los tres osos

encuentran la puerta abierta.

-Alguien se ha sentado en mi silla.

-Alguien se ha sentado en mi silla.

-Alguien se ha sentado en mi silla...

y la ha estropeado.

Alguien ha probado mi sopa.

Alguien ha probado mi sopa.

Alguien ha probado mi sopa...

y se la ha comido toda.

–Alguien se ha echado en mi cama.

–Alguien se ha echado en mi cama.

–Alguien se ha metido en mi cama...

¡Y aún duerme!

Cabellos de Oro se despierta.

Cabellos de Oro ve a los tres osos :

el oso grande,

el oso mediano

y el oso pequeño.

Cabellos de Oro tiene mucho miedo.

Cabellos de Oro salta por la ventana

y se va.

Los tres osos se asoman a la ventana:
el oso grande, el oso mediano y el oso pequeño.
Cabellos de Oro huye por el bosque.

# Contesta...

¿Qué ve Cabellos de Oro en medio del bosque?

Y tú, ¿a quién ves al principio del camino?

¿Qué ves al lado de la casita?

Di qué hay al final del camino.

¿Cuántas sillas encuentra Cabellos de Oro?

¿Qué silla estropea?

¿Qué hace Cabellos de Oro
cuando encuentra los platos de sopa?

Dibuja la casita de los tres osos, por dentro.

¿Qué dijo el oso grande cuando vio su silla?

¿Qué dijo el oso mediano
cuando vio su plato de sopa?

¿Qué dijo el oso pequeño cuando vio su cama?

Cuando Cabellos de Oro se despertó, ¿qué hizo?

¿Qué habrías hecho tú?

© 1970, La Galera, S.A. Editorial - Ronda del Guinardó 38 - 08025 Barcelona - Depósito Legal: B. 1559/1986
Impreso por Índice, I.G. - Fluvià 81 - 08019 Barcelona - Printed in Spain - ISBN 84-246-1601-4